Armin Baltzer

Ueber Bergstürze in den Alpen

Antigonos

Armin Baltzer

Ueber Bergstürze in den Alpen

Unveränderter Nachdruck der Originalausgabe von 1875.

1. Auflage 2024 | ISBN: 978-3-38635-134-8

Antigonos Verlag ist ein Imprint der Outlook Verlagsgesellschaft mbH.

Verlag: Outlook Verlag GmbH, Zeilweg 44, 60439 Frankfurt, Deutschland, info@outlook-verlag.de
Vertretungsberechtigt: E. Roepke, Zeilweg 44, 60439 Frankfurt, Deutschland
Druck: Libri Plureos GmbH, Friedensallee 273, 22763 Hamburg, Deutschland

Bergsturz Bilten von der Höhe aus gesehen.

Nach der Natur gezeichnet von Joh. Weber (einige Tage nach der Katastrophe)

Ueber

Bergstürze in den Alpen.

Von

Dr. A. Baltzer.

Separatabdruck aus dem Jahrbuch des S. A. C.
(X. Jahrgang.)

Zürich.
Verlag der Schabelitz'schen Buchhandlung (C. Schmidt).
1875.

Ueber die Bergstürze in den Alpen.

Von

Dr. *A. Baltzer*.

Zu den furchtbarsten Elementarereignissen der
Alpen gehören die Bergstürze. Nicht der vergäng-
liche, leicht gewobene Schleier einer Staublawine oder
selbst das Wüthen entfesselter Wassermassen schreckt
das Gemüth des Gebirgsbewohners am Meisten, weit
fürchterlicher wird der Eindruck, wenn ein ganzer
Berg in Bewegung kommt.

So wenigstens sprachen sich diejenigen aus, welche
von den unteren Abhängen des Rigi Zeuge der Katastrophe von Goldau waren. Als die Massen kirch-
thurmhoch heranrauschten, dichte röthliche Staubwolken
vor sich her fegend, mit einem Getöse, bald dem Rollen
von hunderten der schwersten Lastwagen über das
Pflaster, bald dem knallartigen Einfallen des Donners
in ein enges Hochgebirgsthal vergleichbar, da standen
jene von Schrecken gelähmt, nichts Anderes wähnend,
als dass die ungeheure Masse auch zu ihnen gelangen,
auch sie vernichten würde.

Binnen wenigen Minuten sahen sie den Sturz über Goldau hereinbrechen, hörten noch das Jammergeschrei rathlos hin- und herlaufender Menschen, dann lagerte sich berghoch Schutt und Fels über das Dorf hin; die behagliche Stätte friedlicher Menschen war in einen Kirchhof verwandelt.

Diejenigen, die Stunden, ja Tage lang unter dem Schutt gelegen hatten, glaubten meistens, der jüngste Tag sei hereingebrochen.

Zu den Schrecknissen der äusseren Erscheinungsweise kommt ferner der grosse nachhaltige Schaden, wenn Ortschaften betroffen werden; sodann der Umstand, dass Bergstürze gewöhnlich sehr unerwartet kommen und man daher weniger auf sie vorbereitet ist. An die Lawinen ist man in den Bergen gewöhnt, sie gehören dort in den gewohnten Rahmen des Naturkreislaufes. Auch kennt man meistens genau ihre Bahnen und sieht sich vor, während bei Bergstürzen in der Regel eine merkwürdige Sorglosigkeit gewaltet hat.

Es dürfte also psychologisch begründet sein, dass nichts grösseren Eindruck auf den Alpenbewohner macht, als wenn die Häupter der Berge selbst, denen er ewige Dauer zuschreibt, wanken. Dann scheint das höchste Mass des für ihn Gefahrdrohenden erreicht.

Erdbeben sind zwar um nichts weniger schrecklich, in ihren Folgen z. Th. den Wirkungen der Bergstürze ähnlich, traten aber in grossem Massstabe verheerend bisher nur in einem Theil der Alpen, besonders in den südlichen Seitenthälern der Rhone auf.

Glücklicherweise gehören auch grosse Bergstürze

zu den Seltenheiten; doch vergeht sicherlich in den Alpen keine Woche, wo nicht kleinere Stürze und Rutsche stattfinden. Nach Klœden*) sollen sich für die Schweiz circa 150 Bergstürze, Felsbrüche, Rüfenen und Erdschlipfe nachweisen lassen. Diese Zahl ist offenbar zu gering. Man redet eben nur dann von solchen Ereignissen, wenn menschliche Wohnungen und cultivirtes Land betroffen werden.

An einigen Beispielen möchte ich hier die Erscheinungen, die bei Bergstürzen vorkommen, besprechen; ich wähle dazu den klassischen Sturz von Goldau, ferner die Stürze von Bilten, Ober-Arth und Vorderglärnisch. Daran reihen sich dann allgemeine Bemerkungen überhaupt.

Der Bergrutsch von Goldau (2. September 1806).

Von ihm besitzen wir, abgesehen von vielen andern Berichten, eine ausgezeichnete durch Pläne anschaulich gemachte Beschreibung von dem Arther Doktor Zay**), erschienen 1807 in Zürich.

Der Rossberg besteht aus Nagelfluebänken, Thon und Mergelschichten, die gegen den Lowerzersee zu fallen. Ihre Neigung beträgt 30—45°. An Vorboten des Sturzes fehlte es nicht. Grosse Spalten hatten sich geworfen, z. B. eine in der Rüthiweide am Röthenerberg, eine andere am Spitzenbüel. Kleinere Abrutschungen erfolgten schon vor dem 2. September.

---

*) Handbuch der Erdkunde, 3. Aufl. p. 190.

**) „Goldau und seine Gegend, wie sie war und sie geworden."

Der Rasen schob sich übereinander, Baumwurzeln wurden krachend vom festeren Untergrund losgerissen. Man sieht, der Berg war schon in voller Thätigkeit, der eigentliche Sturz nur die letzte Phase.

Ueber die Ursachen wird berichtet, dass anhaltende Regen vom Juni bis September stattgefunden hatten; dazu kam, dass grosse Schneemassen im Winter vorher gefallen waren, die gleichfalls beim Schmelzen grosse Wassermengen lieferten. All' dies Wasser drang in die obersten Schichten ein, bis es auf nicht durchlassende Thon- und Mergellagen gelangte. Auf diesen stagnirte es und erweichte sie. Die oberen Schichten stellten so gleichsam einen mit Wasser vollgesogenen Schwamm dar. Ihr Gewicht war um das des eingesogenen Wassers vermehrt, sie lockerten sich mehr und mehr in ihrem Gefüge. Endlich kamen sie auf der g l a t t e n Thonunterlage zum Rutschen.

Da wegen des ungemein regelmässigen Schichtenbaues am Rossberg die angeführten Bedingungen auf weite Strecken hin erfüllt waren, so erlangte dieser Rutsch eine grossartige Ausdehnung, die Massen lösten sich los vom Röthenerberg bis gegen den Gnypenspitz hinauf. Diese Schuttwalze bildete ein $\triangle$, dessen Spitze unter dem Gnypen lag, während dessen Basis sowie jede Seite eine gute halbe Stunde lang waren.

Die Anbruchslinie liegt circa 1000' unter dem Gnypenspitz, sie läuft 1000' weit mit dem Grat des Rossbergs in ziemlich gleicher Richtung. Unter dieser Linie befindet sich die grosse Steinenbergerfluh.

Nimmt man Ursprung und Ablagerungsgebiet zusammen, so bilden dieselben ebenfalls ein Dreieck, dessen Seiten an den Flanken des Berges, dessen Basis (die äusserste Grenze des Ablagerungsgebietes bezeichnend) unten im Thal liegt. Die westliche Seite dieses grossen Dreiecks ist dann ungefähr 1 Stunde, die östliche $1^1/4$ Stunde, die Basis gleichfalls 1 Stunde in gerader Linie lang. Die Gesammtfläche des bedeckten Areals wird wohl etwas übertrieben zu 1 Quadratstunde angegeben.

Das eigentliche Material riss sich zwar oben los, aber auch der ziemlich flache und ebene Fuss des Röthenerberges wurde, weil aus nachgiebigem Sumpf- und Riedboden bestehend, von der Bewegung mit ergriffen.

Die Kenntniss des Sturzes ergibt sich aus dem Bericht der Augenzeugen, aus der Beobachtung nach dem Ereigniss und dem Vergleich mit dem Zustand vor demselben.

Die stürzenden Massen bestanden aus Felsblöcken, Erde und Steinen. Sie bildeten eigentlich vier gesonderte Stürze, die dadurch entstanden, dass die ganze Rutschmasse in einiger Entfernung ob der Kapelle in Röthen sich vertheilte. Je nach Material, Länge der Bahn und Terrainbeschaffenheit langten sie verschieden schnell unten an;[*] der eine vernichtete Goldau, ein zweiter nahm bei der Röthenerkapelle seinen Anfang

---

[*] Die Schlammmassen kamen einige Augenblicke später als die Felsstürze. Der Arm, der Goldau überschüttete, langte mehrere Augenblicke später an als der Fallenbodenarm, obgleich seine Sturzlinie kürzer war. Der untere Theil von Goldau wurde einige Augenblicke nach dem oberen Theil vernichtet.

und stürzte gegen Rüdi-Büel hinab. Jene Kapelle wurde dabei förmlich in die Luft hinausgefegt. Eine an zertrümmerten Felsen besonders reiche Masse prallte an den « Fallenboden » genannten Vorsprung des Rigi und brandete fürchterlich nach rechts und links. Dieser Sturz war der grösste. Der östliche Sturz endlich ergoss sich über ein sumpfiges Terrain, « Sägel » genannt, in den Lowerzersee. Dessen Wasser bäumte sich 60′ hoch auf, überschwemmte Schwanau und richtete überall an den Ufern Verheerungen an. Im obersten Theil des Kapellenthürmchens auf der Insel Schwanau fanden sich Heu, Schindeln und dergl. eingeklemmt, die die Fluth dahin getragen hatte.

Die einen dieser Stürze führten mehr Schlamm (z. B. der erstere), die anderen mehr Blöcke. Zwischen ihnen gab es Terraininseln, die nicht überfluthet wurden.

Der sich in wenigen Minuten heranwälzende Strom erschien Augenzeugen um mehrmals höher als die Goldauerkapelle.

Nahe dem Rand befindliche Personen, die ihre Geistesgegenwart nicht verloren, konnten ihm noch entgehen. Im Ganzen gingen 450 Menschen zu Grunde, 100 Wohnhäuser und 200 Ställe wurden vernichtet. Ans Wunderbare grenzende Lebensrettungen kamen vor, so die eines Kindes, welches mitten im Schlamm auf einer Matratze liegend, unverschrt gefunden wurde, oder die einer Magd, die 14 Stunden lang im Schlamm stak, den Kopf nach unten gerichtet. Durch einen Zufall blieb der Kopf frei und es communicirte der Raum, in welchem Kopf und Schultern staken, nach

Aussen, so dass sie Luft erhielt. Zay schildert solche Rettungen mit lebhaften Farben.

Von wissenschaftlichem Interesse sind folgende Phänomene:

1) Der dicke, röthliche, vielleicht besonders von der rothbraunen Nagelflue herrührende, blitzschnell vor der Lawine herlaufende Staub. Erst als dieselbe unten angelangt war, stieg er höher in die Luft und wurde vom Wind nach Arth und weiter über den Zugersee bis Immensee getrieben. Er hatte einen unangenehmen Geruch, ähnlich dem verfaulten Wassers. Auch Dampf wird erwähnt, jedenfalls Wasserdampf, gebildet von der durch die mechanische Arbeit erzeugten Wärme. Hinter dem Sturz her will man auf der entblössten Bahn desselben Ströme (?) von Wasser bemerkt haben.

Dieselben Erscheinungen, nämlich Staub, Dampf und Gestank werden auch vom Sturz, der Plurs vernichtete, berichtet.

Der Luftdruck war so bedeutend, dass zwei Knaben, die in der Sägelgegend Geissen hüteten, in die Luft emporgehoben und herumgewirbelt wurden. Ihr jämmerliches Angstgeschrei wurde von mehreren Menschen gehört.

2) Die Art des Getöses war verschieden. In etwa einer Stunde Entfernung vernahm man ein Rauschen, wie wenn der Sturmwind in den Bergwäldern tobt; in der Nähe war es ein Krachen, ähnlich den knallartigen Donnerschlägen in engen Alpenthälern. In Arth hatte man zuerst eine Empfindung, wie wenn viele schwere Lastwagen über das Pflaster rasseln, dann folgte das eben erwähnte Krachen; jenes entsprach

offenbar dem Rutsch, dieses dem Aufprallen und Zerschellen in der Tiefe. Besonders westwärts wurde der Schall weithin getragen.

3) Das Zittern des Bodens war ähnlich wie bei einem Erdbeben. Deutlich wurde dasselbe bemerkt an den Abhängen des Rigi, wo in Folge davon viele Steine sich loslösten, ferner in Arth; wo die Fensterscheiben klirrten und die Dachstühle krachten. Besonders stark verspürte man die Erschütterung in einer Entfernung von drei Stunden am Rotherberg und Kiemen, nicht dagegen in Walchwyl und Immensee, die doch viel näher liegen.

4) Die Bäume der Sanz-Waldung und die ob der Steinenbergerflue schwankten zuerst etwas hin und her, dann legten sich die Stämme rückwärts gegen den Berg, endlich löste sich Alles in ein Chaos von durcheinander wirbelnden Stämmen, Felsblöcken und Erde auf. Grüne Wiesenflächen bekamen plötzlich die Farbe des Erdreichs, indem das Unterste zu oberst gekehrt wurde.

5) Augenzeugen von Lowerz und Seewen behaupten Flammenerscheinungen gesehen zu haben. Zay indessen erklärt dieselben durch einen mitgerissenen kleinen Kohlenmeiler, der bei Hublisbrechen, als die Lawine stürzte, sich in Brand befand. Beobachter auf der Westseite des Sturzes sahen davon nichts. Dass durch die starke Reibung dürres Holz in Brand gerathen sei, scheint nicht unmöglich.

6) Auf einer Moorfläche unten im Thal, Sägel genannt, hat man wellenförmige Bodenbewegungen beobachtet, das Erdreich eilte gleichsam wogenartig der

Fig. I. Felssturz am Sonnenberg bei Arth.

nachjagenden Sturzmasse voraus.*) Ferner sah man ein eigenthümliches Aufwallen des Sees, noch ehe der grosse östliche Arm des Sturzes in ihn hinein sich entleerte. Soweit erstreckte sich also schon die Wirkung des Druckes von oben, noch ehe die Massen die unteren Regionen erreicht hatten.

7) Die ganze Katastrophe, vom Beginn des Sturzes an gerechnet, dauerte nur 3 – 4 Minuten. Danach berechnet sich (Zay's Plan der Goldauer Gegend als Grundlage genommen) eine Geschwindigkeit von 66' in der Sekunde **). Dies war der Grund, warum in Goldau fast Niemand sich retten konnte. Selbst viele Vögel verschiedener Art gingen zu Grunde, sie wurden überrascht, vielleicht auch durch den Luftdruck mitgerissen, durch den Dampf betäubt. Man fand sie todt auf den Trümmern.

8) Die Bewegung der Massen war nicht nur ein Fortrollen auf den Unterlagen, sie schossen strecken-

---

*) Zay erklärt dies durch eine sonderbare Hypothese. Er nimmt an, die Spalten und Höhlungen des Gebirges hätten sich beim Rutsch geschlossen, in ihnen habe sich Luft und Dampf gefangen, der dann im comprimirten Zustand sich einen Ausweg nach oben suchte und das Erdreich in die Höhe warf. Offenbar haben wir hier ein schönes Beispiel seitlichen Drucks. Das weiche Terrain des Sägels warf sich, dem Druck der stürzenden Massen nachgebend, in Falten, wie wenn man eine Tuchlage von der Seite her zusammenschiebt. Dies genügt vollständig zur Erklärung der Wellenbewegung.

**) Die Geschwindigkeit der Wildbäche beträgt nach Surell bei 6 % Gefäll 44', die des Schalles 1050' in der Sekunde.

weis durch die Luft dahin. Bündel von Tannenbäumen, Steinmassen, ungeheure Felsblöcke sausten, ohne den Boden zu berühren, in gewaltigem Flug zu Thal.

Will man sich, nachdem man die Einzelnheiten der Erscheinung in's Auge gefasst, ein Totalbild derselben verschaffen, so höre man Zay selbst, wie er den Sturz, nachdem er die Vorboten erwähnt, schildert:

«Nun wird mit Eins die Bewegung der Wälder stärker; ganze Reihen der vorher losgewordenen und sich senkenden Felsstücke — ganze Reihen stolzer Tannenbäume, auf der obersten Felsenflue sonst so prachtvoll ruhend, stürzen in Unordnung übereinander und in die Tiefe nieder — alles Losgerissene und Bewegliche, Wald und Erde, Steine und Felsen gerathen jetzt in Hinglitschen, dann in schnelleren Lauf und nun in blitzschnelles Hinstürzen. Getöse, Gekrach und Prasseln erfüllt wie tief brüllender Donner die Luft, erschüttert jedes lebende Ohr und Herz und tönt im Wiederhall von tausend Bergesklüften noch grässlicher. Ganze Strecken losgerissenen Erdreichs — Felsenstücke so gross und noch grösser wie Häuser — ganze Reihen Tannenbäume werden aufrecht stehend mit mehr als Pfeilesschnelle durch die verdickte Luft hingeschleudert. — Ein grässlicher, röthlich-brauner Staub erhebt sich in Nebelgestalt von der Erde, hüllt die Mord- und Zerstörungs-schwangere Lauwine in trübes Dunkel ein, und läuft in düsterer Wolke wie vom Sturmwind gewirbelt vor ihr hin. Berg und Thal sind nun erschüttert — die Erde bebt — Felsen zittern — Menschen erstarren beim Anblick dieser fürchterlichsten aller fürchterlichen Scenen — Vögel, in ihrem Flug gehindert, fallen auf die Stätte der Verheerung nieder — Häuser, Menschen und Vieh werden schneller als eine aus dem Feuerrohr losgeschossene Kugel über die Erde hin und selbst durch die Luft fortgetrieben — die aus ihrer Ruhe aufgeschreckte und wildgemachte Wasserfluth des Lowerzersees bäumt sich wie Felsenwände auf und fängt im Sturmlauf auch ihre Verheerung an. Das letzte Angstgeschrei der vom unvermeidlichen Tode bedrohten Goldauer durchheult noch einen Augenblick die trübe Luft und die dunkle Schreckensgegend. Ein grosser Theil der zerstörenden Masse erstürmt in ihrem Sturmlauf noch den steilen Fuss des Rigiberges und einzelne Bäume und Felsstücke fliegen noch höher an denselben hinauf. — Und — o wehe! überschüttet ist das ehevor so fruchtbare Gelände mit Schutt und Graus. — Umgeschaffen ist die ebenvor paradiesische Gegend in hundert und hundert wilde Todeshügel.»

Der Felssturz am Sonnenberg bei Oberarth.

Der Rossberg scheint ein ganz besonders zu Bergstürzen geeigneter Bergstock zu sein. Dafür sprechen die schon vor 1806 stattgehabten Rutsche, dafür ein neuerdings Ende August 1874 erfolgter Sturz, den ich bald darauf Gelegenheit nahm, an Ort und Stelle zu untersuchen.

Hat man in Arth den bekannten, aus einem erratischen Block (Geissberger) gefertigten Brunnentrog besichtigt und geht dann auf der Landstrasse auf Oberarth zu, so wird schon nach $^1/_4$ Stunde der Sturz linker Hand ob den Wiesen sichtbar. Die Localität heisst Sonnenberg; ein benachbarter vom Sturz noch jetzt bedrohter Bauernhof führt den Namen Badhöfli. Der Bergfall fand an der dem Rigi zugekehrten Seite des Rossbergs, also gegen Südwest statt, nicht gegen Süd und Südost, wie· der grosse Goldauersturz. Jener hängt mit diesem nicht zusammen und zeigt auch im Uebrigen andere Verhältnisse. Das anstehende Gestein der Umgebung ist Kalknagelflue.

Nähert man sich, durch die Wiesen schreitend, so glaubt man einen Wasserfall vor sich zu haben, bis in grösserer Nähe das chaotisch aufgeworfene Erdreich, die in der Sturzbahn liegenden Felsblöcke und Baumstämme die Täuschung aufheben. Figur I stellt den Sturz von vorn gesehen dar. Die Bahn desselben ist geradliniig mit mehreren Absätzen (vergl. Profil Fig. II). Höhe des ganzen Sturzes mit dem Aneroid gemessen 229,5 ^{m} = 765 Fuss. Das untere Ende berührt beinahe die Thalsohle.

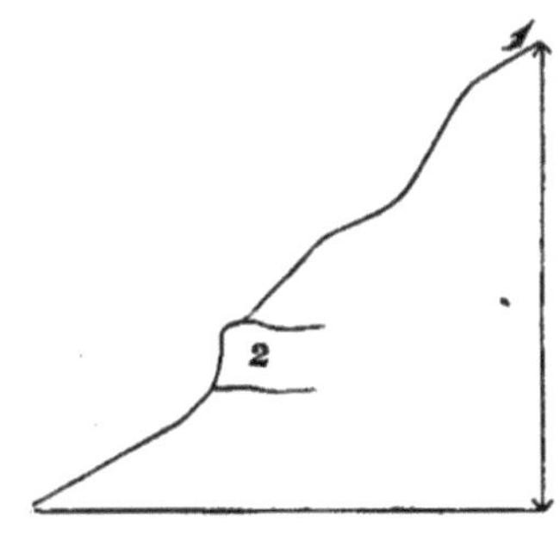

Fig. II. Profil des Sonnenbergsturzes.

Der oberste Anriss oder Ursprung des Sturzes, Fig. I (1), liegt unterhalb einer grünen Terrasse, Härzig genannt. Die sichtbare Breite von jenem beträgt circa 100 F., doch ist die Breite des ganzen bewegten Terrains eine ungleich grössere. Unten im Ablagerungsgebiet mag die Breite circa 500 F. betragen. Charakteristisch ist eine Nagelfluebank (2), unterhalb derer das Ablagerungsgebiet beginnt.

Die durch den Sturz angerichteten Verwüstungen sind nicht unbeträchtlich. Durch den schönen Wald ist eine förmliche Gasse geschlagen; hunderte von Stämmen wurden theils entwurzelt, theils wie Getreidehalme umgeknickt und der Tiefe zugeführt. Unten im Ablagerungsgebiet sind beträchtliche Mengen von Weideland, Feld und Obstpflanzungen zugedeckt und verwüstet. Durch die mächtigen Blöcke kamen ferner einige Bauernhöfe in Gefahr, die noch jetzt nicht vorüber ist. Die anschaulichste Darstellung der Verhältnisse im Ablagerungsgebiet giebt das beifolgende, von Hrn. Prof. Werdmüllers künstlerischer Hand an Ort und Stelle aufgenommene Bild Fig. III.

Dem Goldauerbergsturz ist das gegenwärtige Ereigniss nicht zu vergleichen. Es verdient nicht den Namen eines Berg-, sondern nur den eines Felssturzes zweiten Ranges. Glücklicherweise nämlich erfolgte der Sturz nicht wie dort über die Schichtflächen, sondern über die Schichtenköpfe herunter. Das Fallen der Schichten ist nicht deutlich aufgeschlossen, scheint aber gegen Südsüdost gerichtet zu sein.

Gross ist die Zahl der Blöcke, die nebst Schutt und Erdreich das Material des Sturzes bilden. Sie liegen in grosser Zahl im Ablagerungsgebiet umher und bezeichnen auch oberhalb der Bank, Fig. 1 (2), die Sturzbahn.

Fig. IV. Grosser, vom Felssturz am Sonnenberg herrührender, abgerundeter Block.

Charakteristisch ist einer derselben, der, ohne zu zerschellen, nur 10 F. von einem Stall entfernt, seinen Gefahr drohenden Lauf beendete (vergl. Fig. IV). Er zog gleich einem Pflug eine lange Furche hinter sich und bohrte sich 7 F. tief in den Boden ein. Unter sich begrub er einen Baumstamm.

Um 5 Uhr hatte der Besitzer mit dem Vieh den Stall verlassen, um 1 Uhr fiel der Block. Der Bauer hat sich mit seiner Anwesenheit versöhnt, denn er dient ihm nunmehr als Widerlager und schützt den Stall vor weiteren derartigen unwillkommenen Gästen.

Dieser Block ist circa 24 F. breit, 18 F. lang und 14 F. hoch; er besteht aus Kalknagelfluc. Sie ist sehr ungleichförmig ausgebildet, bald feinkörnig, bald enthält sie kopfgrosse Fragmente.

Das Merkwürdigste ist aber wohl die Abrundung und der Mangel an frischen Bruchflächen. Als ich hinauf an den Anfang des Sturzes kletterte, sah ich noch mehrere solcher abgerundeter Blöcke. Sie bestehen sämmtlich aus Nagelflue. Die Mehrzahl derselben wurde freilich beim Fall zerschellt.

Woher rührt diese Rundung und starke Verwitterung der Blöcke? Stammen sie von einem in loco zertrümmerten, durch Erosion längs den Kluftflächen stark veränderten Riff, oder gehören sie einem früheren Bergsturz an? Letzteres scheint mir wahrscheinlicher.

Ich nehme an, dass auf der « Härzig » genannten Terrasse das Ablagerungsgebiet eines älteren Bergsturzes sich befindet, dessen Material jetzt auf's Neue tiefer hinabgerutscht ist; die ältere Ablagerung auf dem Härzig hat sich zur Thalsohle hinab entleert; der Sturz des Sonnenbergs ist nur die letzte Phase eines vorangegangenen älteren Falles.

In der That lehrt der Augenschein, dass die abgerundeten Blöcke (Fig. I [1]) keinem zerfallenen Riff angehören; denn sie sind rings von Schutt umgeben und liegen in ungleicher Höhe.

Ferner liegt noch jetzt eine erstaunliche Menge von Nagelflueblöcken auf der Berglehne umher, die sicher von früheren Bergstürzen herrühren. Denkt man sie sich von Schutt bedeckt, abrutschend, so könnten manche von ihnen in Zukunft eine ähnliche Rolle spielen, wie die, von denen hier die Rede ist.

Dass der Rossberg schon vor der Katastrophe von 1806 Bergstürze erlebt hat, ergibt sich nach Zay *)

---

*) ibid. pag. 310 und 160.

auch aus alten Urkunden; aus schon lang vor 1806
üblichen Bezeichnungen, wie « Allmeindbrächen » und
« Hublisbrächen » (Bräche == Felssturz im Dialect);
endlich aus alten verschütteten Baumstämmen, die man
ebenfalls schon vor 1806 beim Auswerfen von Gräben
und Sodbrunnen bei Goldau fand.

Da die Blöcke die Hauptrolle spielen, so passt für
den Fall des Sonnenberges die Bezeichnung eines
Felssturzes am besten; genau genommen ist es ein
secundärer Sturz von Blöcken, die nicht direct von
ihrer ursprünglichen Lagerstätte kommen.

Derselbe erfolgte über die Schichtenköpfe hinab.
Unrichtig wäre hier die Bezeichnung, « Rutsch » oder
« Schlipf ». Bei solchen spielen Erdmassen die Haupt-
rolle, die sich — wenn auch nicht immer — auf
Schichtflächen abwärts bewegen.

Die Ursachen des Sonnenbergsturzes liegen klar
vor Augen, wenn man von Osten her auf einem Um-
weg (immer im Gebiet der Nagelflue) zur Terrasse
« im Härzig » hinaufsteigt. Ringsumher bemerkt man
z. Th. sehr grosse, ältere Blöcke, darunter manche
von bunter Nagelflue; einer ist gespalten und durch
die Spalte ist ein hoher Baum emporgewachsen.

Oberhalb des Anrisses Fig. I [1]), aber etwas
weiter westlich, befinden sich zwei Quellen. Die untere
derselben liegt nach aneroid - barometrischer Bestim-
mung 74 ^{m} über dem Anriss. Man sagte mir, das
Wasser dieser (das ganze Jahr hindurch stark laufenden) Quellen werde weiter östlich mittelst hölzerner
Ablaufrinnen in den Bach geleitet. Allein ich beob-
achtete, dass das Wasser, noch ehe es in die Rinnen

Ablagerungsgebiet des Sonnenbergsturzes bei Oberarth.

Hyaloautographie.

gelangt, bereits im Boden versickert; die Röhren waren absolut trocken. Das Versickerungsgebiet befindet sich genau oberhalb des Anrisses.

Ferner constatirte ich im obern Anriss plastische Mergelschichten und endlich kommt jetzt weiter unten in der Sturzbahn eine Wasserader zum Vorschein, während früher nur bei starken Regengüssen etwas Wasser an der Stelle des Sturzes den Berg hinabrann.

Danach unterliegt es keinem Zweifel, dass das Wasser jener Quellen die Mergelschichten erweichte, wodurch die darauf ruhenden Blöcke, Schuttmassen und Dammerde rutschten und nach vorn überstürzten. Wäre das Fallen der Schichten dem Thal zugekehrt, so wäre hier ein grossartiger Bergrutsch erfolgt, der mehr noch als die naheliegenden Gehöfte bedroht hätte.

Immerhin liegt z. B. noch ein Block (3 — 4mal so gross als der in Fig. IV abgebildete) sturzbereit auf der rechten, westlichen Seite im Wald. Ich überzeugte mich, dass er (oben und unten von mehreren Fuss breiten Spalten umgeben) bald den übrigen nachfolgen wird. In seiner Nähe befindet sich noch ein kleiner Seitenzweig des Hauptsturzes. Er mündet in diesen ein und wurde jedenfalls auch durch Riesenblöcke erzeugt. Seine Bahn ist gleichfalls mit abgebrochenen Baumstämmen übersäet.

Die sorgfältige Ableitung obiger Quellen ist selbstverständlich das Erste, was gethan werden müsste, um weiteren Schaden zu verhüten.

Abhänge des Hirzli.

Fig. V. Der Biltener Sturz von Schännis aus gesehen.

1. Ursprungsthälchen. 2. Sammelkanal $a-b$). 3. Ablagerungsgebiet,
Höhe von $a-c$ circa 450 Meter.

Der Felssturz und Schlammstrom von Bilten.

Wer auf der Bahn von Rapperswyl nach Wesen
fährt, bemerkt in der Gegend von Schännis an den
Abhängen der gegenüberliegenden Hirzlikette die Bahn
eines Sturzes, der nach dem dabei liegenden Dörfchen
der Sturz von Bilten genannt sein möge. Fig. V stellt
ihn so gesehen dar, die Entfernung ist jedoch zu gross,
um die Verwüstungen beurtheilen zu können, die er
anrichtete. Doch bemerkt man deutlich die gebrochene

Bahn des Sturzes, ganz anders wie beim Sonnenberg-
fall, der von oben bis unten geradlinig verläuft.

Das Material zur folgenden Schilderung verdanke
ich zum grösseren Theil Hrn. Prof. Cullmann, der
kurz nach erfolgtem Sturz denselben in Gemeinschaft
mit Prof. A. Escher v. d. Linth genau untersuchte.

In der Nacht vom 29. auf den 30. April 1868
wurden die Bewohner von Bilten durch ein Ereigniss
überrascht, welches, wie es scheint, ganz unvorher-
gesehen war. Ein mächtiger Sturz von Blöcken und
Schlammmassen ergoss sich gegen das Dorf. Letztere
erreichten dasselbe und richteten arge Verwüstungen
an. Achtundvierzig Stunden lang dauerte die Bewegung
an. Sonderbar sah das von Schlamm durchfluthete
Bilten aus.*) Die Communication war vielfach ge-
stört oder ganz aufgehoben. Im Erdgeschoss vieler
Häuser stand der Schlamm 5 Schuh hoch und mehr.
Durch alle Oeffnungen war er hineingedrungen, manch-
mal ohne die Häuser merklich zu schädigen. Man
denke sich den Schrecken der Biltener als diese breiige
Masse näher und näher auf das Dorf losrückte, un-
widerstehlich von Allem Besitz nahm, was ihr ent-
gegen stand. Gleich einer riesigen Boa constrictor
wickelte sie ihre Opfer ein. Hier stand in einem
Gemach des Erdgeschosses der Schlamm bis unter die
Platte des grossen Familientisches, die inselartig aus
ihm hervorragte; dort sah man noch Essgeräthschaften,
halbaufgezehrte Speisen stehen, so schnell hatten die
Bewohner fliehen müssen.

---

*) Das getreue Bild (Fig. VI) ist von Hrn. Weber's ge-
schickter Hand anno 1868 nach der Natur aufgenommen.

25 Hanshaltungen mussten ausziehen, 18—20 Häuser wurden zerstört, 30—40 Jucharten Wiesenland überdeckte der breiartige Schlamm bis zu $1^1/_2$ m Höhe. Der Strom durchbrach in mehreren Armen das Dorf, da die Häuser denselben theilten. Der Hauptarm floss rechts des Wirthshauses (Fig. VI, Nr. 6) ab. Jenseits des Dorfes flossen die getrennten Schlammmassen wieder zusammen (5) und hier litten besonders die Wiesen noth.

Glücklicherweise hatte Jeder Zeit, sich zu retten, denn der Strom schritt nur langsam vor; aber trauernd sahen die Biltener auf die geschädigten Wohnhäuser, auf das schöne verschüttete Wiesenland.

Sehen wir uns oben im Dorf die Wollspinnerei des Hrn. Rathsherr Zwicky an, die mit zuerst vom Strom ergriffen wurde. Das Dampfmaschinengebäude (Fig. VI, Nr. 2) diente als Strebepfeiler und hat gut widerstanden. Inwendig stand der Schlamm $1—1^1/_2$ m hoch. Die Wände der Fabriksgebäude und anderer Häuser (Fig. VI [3]) sind z. Th. bauchig herausgedrückt; hier hat sie der Schlamm durchbrochen, dort ist er zu den Fenstern hinausgeflossen und hat seinen Lauf weiter fortgesetzt. Die Kammern, welche zum Sortiren der Wolle dienen, sind bis zur Hälfte mit Schlamm erfüllt — ein trauriges Bild der Verwüstung, wo kurz vorher noch rege industrielle Thätigkeit herrschte.

Gehen wir weiter zum Gemeindehaus, welches der Kirche (Fig. VI [4]) gegenübersteht. Es liegt etwas erhöht, trotzdem reicht der Schlamm bis nahe an die Tafel, welche für die öffentlichen Anschläge bestimmt ist. Von einem hübschen Gärtchen in der Nähe ist keine Spur mehr vorhanden, die lieblichen Kinder Floras sind Meter tief unter dem Schlamm vergraben.

Um Kirchhof und Kirche zu schützen, wurde von Tannenstämmen ein gegen den Strom gerichteter etwa 6 F. hoher Keil erbaut.

Von da kommen wir zu einer Scheune, die 1 ^{m} hoch mit Schlamm ausgefüllt ist, ein mitgeschleppter Stamm ist keilförmig in sie hineingetrieben. Von der Tenne dieser Scheune aus gelangen wir über eine Leiter auf den Heuboden und von da in's obere Stockwerk des Wirthshauses (6), wo man weiter wirthete. Von vorn hinein zu kommen ist unmöglich, denn der Schlamm steht an der Hausthür bis zu $^2/_3$ ihrer Höhe; man hat sie von innen gestützt und verrammelt, damit sie dem Druck widerstehen könne. Eigenthümlich ist es einer gleichfalls hinter dem Wirthshaus stehenden Scheune ergangen. Dieselbe wurde vom Schlammstrom ergriffen, fortgeschoben und steht nun 50 Schuh weiter unten. Bei (7) sieht man die Trümmer eines zerstörten Stalles.

Dies nur ein Paar Beispiele wie der Strom gehaust hat. Noch nach längerer Zeit war es gefährlich ihn zu passiren. So erging es einem Freunde von mir beinahe übel, der die noch nicht ganz erhärtete Masse überschreiten wollte. Plötzlich sinkt er langsam ein, sucht vergeblich das Festland zu erreichen; kaum ist das eine Bein mühsam herausgezogen, so sinkt das andere um so tiefer in die zähe Masse ein. Mit Hülfe von zugeworfenen Plaids und mit Stöcken gelingt es, ihn herauszuziehen, wo er dann freilich einen sehr

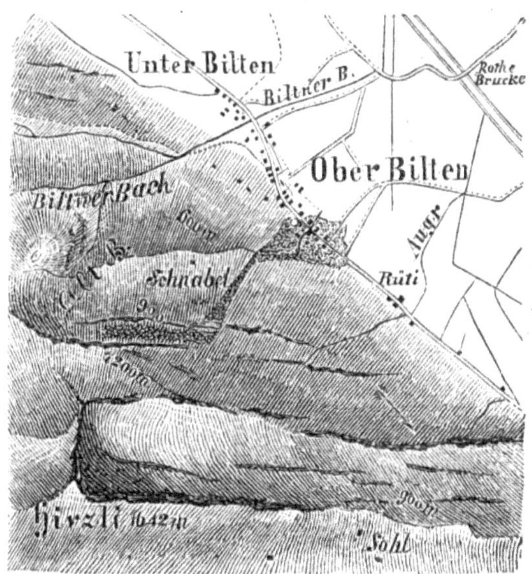

Fig. VII. Kärtchen des Biltener Bergsturzes.

übeln Anblick darbot. In ähnlicher Weise sahen auch die Biltener ihren Pfarrer in Gefahr kommen, doch gelang es, auch ihn zum Heile der Gemeinde dem Schlamm des irdischen Daseins zu entreissen.

Klettern wir nun hinauf zum Ursprung des Sturzes, um zu sehen, welche Ursachen das Ereigniss hatte. Nahe an 1700 m steigen die Abhänge der Hirzlikette empor. Sie bestehen aus Nagelflue, Thon und Mergeln, welche einen Wechsel von festeren Bänken und weicheren Lagen bilden. Sie fallen im Allgemeinen gegen Südost oder Südsüdost unter einem Winkel von gegen 60 $^{\circ}$.

Wir brauchen nicht hoch zu steigen, um an den Ursprung zu gelangen. Ungefähr 450 m über dem Ort, 950 m über dem Meer (vergl. das Kärtchen Fig. VII),

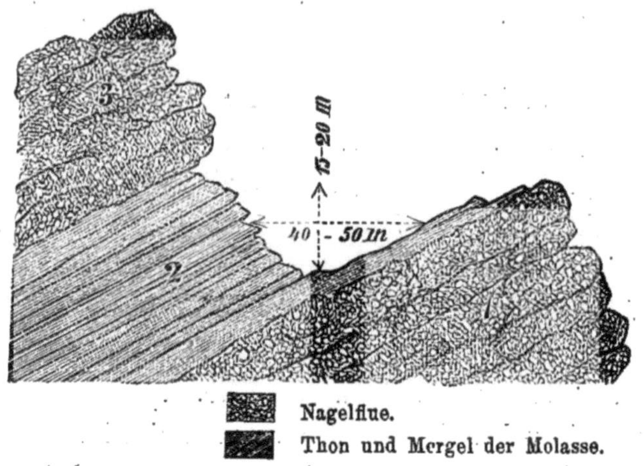

Fig. VIII. Idealer Querschnitt der Ursprungsrinne des Biltener Sturzes.

befindet sich am steilen, dicht bewaldeten Abhang des
Gebirges eine kleine Schlucht oder besser Rinne, den
Biltnern schon lang als Lawinenzug bekannt. Sie ist
gleichsam wie eine Dachrinne am Gebäude des Gebirgs angebracht und läuft schräg abwärts gegen Ostsüdost. Ihre Entstehung verdankt sie dem erwähnten
Wechsel härterer Nagelfluebänke (Fig. VIII, 1 und 3)
und weicherem Mergel VIII (2). Da jene der Verwitterung besser widerstanden, so traten sie nach und
nach als Rippen hervor, während dieser stark weg-
gewaschen wurde. So entstand hier das, was der
Geologe ein ~~Anti~~klinalthälchen nennt, eine Rinne
zwischen zwei über einander liegenden Nagelfluebänken.
Fig. VIII gibt nun einen idealen Querschnitt dieses Thälchens von Süd nach Nord. Es ist 40—50 ^{m} breit,
15—20 ^{m} tief und wenigstens 300 ^{m} lang. Ueber ihm
thürmen sich wieder steile Nagelfluemassen zu einer
Wand (3) empor.

Ueber letztere herab waren schon seit langer Zeit grosse Blöcke und Schutt in das Thälchen herabgestürzt und hatten dasselbe im Lauf von Jahrhunderten ausgefüllt. Kein Mensch hatte diesem stillen Sammelprozess im abgelegenen Gebirgswinkel Beachtung geschenkt. Zweifellos würden auch diese Massen noch lang sich ruhig verhalten haben, wenn nicht im Winter 1867 Lawinenschnee sich auf ihnen angehäuft hätte. Derselbe versperrte den Ausgang des kleinen Tobels, indem er sich wallartig aufthürmte. Als er im Frühjahr nach und nach wegthaute, wurde das lose Material vollständig durchweicht; ja es entstand sogar ein kleiner Teich hinter dem Schneedamme.

Damit nun sind die Bedingungen zum Abrutsch gegeben. Die Rinne ist gegen Ostsüdost geneigt, ihre Basis bilden Mergel, auf denen das Wasser stagnirt (vergl. Fig. VIII). Nun setzt sich der lose Schutt, dessen Eigengewicht durch das des eingesogenen Wassers vermehrt ist, auf der glatten Unterlage langsam in Bewegung.

Aber noch ist ein Hinderniss vorhanden, die Schichten fallen in den Berg ein. Dies ist ein Glück für die Biltener. Fielen jene dem Orte zu, so hätte hier ein Unglück ähnlich dem von Goldau entstehen können.

So haben die Massen das Bestreben gegen den Berg zuzurutschen. Da das Thälchen aber bald endigt, können sie die Ostrichtung nicht beibehalten, sie stauen sich und brechen endlich über die Schichtenköpfe herunter, in einer Richtung fast senkrecht zur vorigen.

Nun folgt ein Salto mortale über mehrere Riffe hinunter wohl 100 ^{m} tief. Zu 180,000 Kubikmeter

schätzte Herr Cullmann den Kubikinhalt der Schuttmassen, die sich auf einmal da hinab entleerten, darunter viele Blöcke von 10, 12 Centner und mehr. Das war ein riesenhafter Sturz, der seine Spuren dem Gebirgsgebäude tief eindrückte.

Er erfolgte zunächst in ein zweites unter dem ersten gelegenes Antiklinalthälchen. Was von Bäumen im Wege war, wurde zerschmettert; zumeist aber hier und weiter unten wie mit der Scheere glatt abgezwickt. Es waren dies meistens Stämme von nur 40 — 50 ^{cm} Dicke.

Ein Strasseninspektor, welcher sich am Fuss des Berges befand, erzählt, er habe von unten die Schlammmassen hoch aufspritzen sehen. Die stürzenden Blöcke bohrten sich in schräger Richtung tief in den Schlamm ein. Nichts verrieth ihre Spur als trichterförmige Oeffnungen im weichen Boden, welche Wassertümpel von ungefähr 1 ☐^{m} Durchmesser bildeten. Von dem unaufhörlichen Spritzen war die ganze Umgebung mit Koth beworfen.

Dieser Salto bildet ein würdiges Gegenstück zu dem berühmten Salto della Jumenta am Aetna, wo die Lava von 1865 als glühender Feuerstrom mehrere 100 ^{m} hoch sich hinabwälzte.

Vom zweiten Antiklinalthälchen gelangten die Massen in den eigentlichen Sammelkanal oder die Sturzbahn, vergl. Fig. V und das Kärtchen. Sie ist 6—10 ^{m} tief und 10 — 20 ^{m} breit. Möglich, dass hier ein Bach geflossen oder schon einmal ein Sturz stattgefunden hatte. Was zu beiden Seiten des Kanals von Bäumen stand, wurde abgeschlagen. Erwähnung verdient, dass

der schönste Wald sich hier befand, denn wenig Ge-
meinden halten ihren Wald so gut in Ordnung, wie
Bilten. Wie dieser Umstand dazu beitrug, die Folgen
des Sturzes abzuschwächen und weniger verderblich
zu machen, soll gleich erwähnt werden. Auch hier
wurden die Bäume durch die beispiellose Gewalt der
grossen Felsblöcke weniger zersplittert als vielmehr
ob der Wurzel glatt abrasirt. Manche Stämme segel-
ten auf dem Rücken des Schlammstroms bis in's Dorf
hinab und drangen in die Gebäude ein.

Wurde oben das Thälchen mit der Sammelrinne
eines Daches verglichen, so entspricht der Sammelkanal der Ablaufröhre, die das Wasser vom Dach
herunterführt.

Wir gelangen nun endlich zum A b l a g e r u n g s -
g e b i e t.

Der Sammelkanal war unten zu klein, um all das
Material zu fassen; dasselbe fluthete über. Nun kommt
der merk- und denkwürdige Umstand, der das Dorf
vor vollständiger Vernichtung rettete. Hätten jene
hunderte von Blöcken das Dorf überfluthet, wahrlich
kein Stein wäre auf dem anderen geblieben. Der Retter
war das gut gepflegte Buchen-, Erlen- und Lärchen-
wäldchen ob dem Dorf (VI, 1). (Merkt es euch, ihr
Gebirgsbewohner, die ihr nicht selten eure Wälder
abschlagt und dadurch Lawinen, Runsen und Felsstürzen
Thür und Thor öffnet!)

Dieses 150 — 200 ^{m} ob dem Ort gelegene Wäld-
chen funktionirte gleichsam als Filter. Die schweren
Massen: Steine, Blöcke, blieben hängen, während der
Schlamm in's Dorf eindrang. So wurde hier das Feste

vom Flüssigen geschieden. Freilich warf es den Wald
theilweise um, aber die Gewalt des Sturzes war gebrochen,
die Blöcke verwickelten sich in den Bäumen und
kamen zum Stillstand. Gleich einer kleinen aber
tapferen Schaar hielt dieser Wald, wenn auch unter-
liegend, das Verderben auf. Eine gewaltige Masse von
Steinen und grobem Schutt häufte sich an dieser Stelle
auf und bildete einen mächtigen Wall. Was die künstlichen Flechtzäune in den Runsen leisten, das that hier
dieser Wald.

Noch eine Bemerkung über die Blöcke. Oft machte
es den Eindruck, als schwämmen sie auf dem Schlamm.
Dies war nur scheinbar. Dem Auge unsichtbar bewegten sich dann andere Blöcke darunter, einer trug
den anderen, sie rollten aufeinander fort; auch unten
lagerten sie sich dann zuweilen auf einander ab.

Weiter oben bemerkte man auch schöne von den
Steinen herrührende Rutschflächen,*) die zum Theil
geschlängelt waren.

Konnte man das Unglück vorhersehen? Es lässt
sich darüber streiten. Soviel ist sicher, dass kein
Mensch vermuthete, was da oben am Berghang sich
vorbereitete. Hätte man es geahnt, so hätten sich
allerdings Vorkehrungen treffen lassen das Uebel unschädlich zu machen; namentlich musste das Stagniren
des Wassers auf dem Schutt des Antiklinalthälchens
verhindert werden.

---

*) Rutschfurchen, den Geleisen von Wagen ähnlich,
werden auch von einem Sturz der schwäbischen Alp be-
schrieben.

Was thaten die Biltener, um sich zu helfen? Hier kann nur angegeben werden, was kurz nachher geschah; das Spätere ist dem Verfasser nicht bekannt. Richter Jenny, unübertrefflich im Verbauen von Wildbächen, war gleich zur Stelle. Er liess den Bach, der durch das Dorf fliesst, ableiten, und hoffte dadurch den Schlamm zum Trocknen zu bringen, was indessen nicht nach Wunsch gelang. Es erwies sich als sehr schwierig den Schlamm zu entfernen, weil er zu flüssig war. Andere Differenzen kamen dazu. Ein Theil der Grundbesitzer nämlich widersetzte sich der Ableitung des Baches; man musste ihn wieder in sein altes Bett zurückführen. Im Kleinen scheint sich eine Geschichte wiederholt zu haben, die am Aetna vorkam. Die Bewohner eines dortigen Dorfes wollten einen ihre Häuser bedrohenden Lavastrom ableiten, indem sie dem langsam Vorrückenden seitwärts ein Bett gruben. Da kamen die Bewohner des nächsten Ortes mit Spiess und Schwert bewaffnet und zwangen die Arbeiter aufzuhören, weil sie glaubten, dass, wenn der Strom in das neugegrabene Bett einlenke, ihre eigenen Häuser in Gefahr kommen könnten.

Wie die Natur und die alles heilende Zeit in Bilten sich endlich selbst geholfen, ist dem Schreiber dieser Zeilen nicht bekannt; zweifelsohne hat man das Wäldchen wieder angepflanzt, welches so gute Dienste leistete. Uebrigens wird es sehr lang dauern, ehe das Thälchen durch den langsamen Verwitterungsprozess des Gebirges sich wieder mit Schutt angefüllt hat und folglich eine neue Katastrophe zu befürchten stände. Den Biltenern dürfte das über den Felsbergern schwebende Damoklesschwert erspart sein, vorausgesetzt, dass eine gute Beaufsichtigung der gefährlichen Sammelrinne stattfindet.

Der Felssturz am Vorderglärnisch.

Wohl einer der grössten Stürze des Glarnerlandes fand im 16. Jahrhundert auf der Ostseite des Vorderglärnisch in der Gegend der «drei Schwestern» statt. So heissen drei Felszacken an der Grenze vom oberen und mittleren Jura. Die obere westliche steht noch, die beiden anderen sind heruntergestürzt. Zur Untersuchung der Stelle kletterte ich von «Hintersack» her gegen den «weiten Platz», überschritt die gräuliche Lauinenrinne des «oberen Bruches» (wo 1822 ein Wildheuer hinabstürzte) und gelangte dann bei den drei Schwestern vorbei auf schmalem Wildheuerpfädchen nach Baumgarten.

Unter dem festen, compacten Hochgebirgskalk liegen nun dort mürbere Schichten (sogenannte Balfriesschiefer und weiter unten Opalinusthone). Durch das Auswaschen der letzteren wurden die Kalkmassen unterhöhlt und stürzten endlich, nachdem Erdbeben ihr Fundament noch mehr erschüttert, ein. Gleichzeitig mag auch Abrutschung stattgefunden haben, veranlasst durch ein local etwas abweichendes Fallen der Schichten (vom Berg ab, statt wie gewöhnlich in den Berg ein). Endlich beweisen beträchtliche Faltungen und Biegungen im Hochgebirgskalk des oberen Bruches, dass hier eine der gequälten Stellen des Berges sich befindet, wo beim Faltungsprozess Unregelmässigkeiten eintraten.

Die Spuren des Abrutsches fand ich ziemlich verwischt, doch sieht man am Grat abwärts der drei Schwestern starke vertikale Spaltungen, die vielleicht damals sich bildeten. Die Hauptspalte ob dem oberen Forrenstock heisst «im Glack». Sie ist wohl einige 100 F. tief. Die folgenden Notizen über diesen Sturz sind der trefflichen Beschreibung des Hrn. Ständerath Tschudi entnommen.*)

Am Abend des St. Martinstages, den 11. November 1593 alten Styls, bemerkte man ein starkes Erdbeben im Kanton Glarus und einem Theile der Schweiz. Die Erschütterung (verbunden mit den oben berührten Terrainverhältnissen) brachte die mittlere der drei Schwestern zu Fall, welcher unter furchtbarem Krachen durch die Rinne des «Wuost» erfolgte. Die Blöcke bedeckten die Fläche von Untersack und den Bannwald bei der jetzigen Hauptquelle. Bis zur «neuen Allmeind» sollen einige Blöcke geflogen sein. Nun folgte eine Reihe kleinerer Ablösungen bis zum 2. Juli 1594, «an welchem Tage dann sich von Morgens 7 Uhr an von Zeit zu Zeit starkes Krachen, wie Donnerschläge, im Glärnisch hören liess, ohne dass ein eigentlicher Bergsturz erfolgte. Doch sah man einen Theil des Berges, unterhalb der drei Schwestern, und zwar in der ganzen Ausdehnung des jetzt so geheissenen oberen Bruches (der eine Länge von 1000 F. und eine Breite von 600 — 800 F. haben mag) in Bewegung, indem man deutlich das Oeffnen von Spalten und das Ablösen einzelner Steine wahrnahm. »

---

*) Vergl. Alpenpost III, Nr. 26.

« Am 3. Juli, Morgens 4 Uhr, brach dann die gespaltene Bergpartie des oberen Bruches los und stürzte sich in furchtbarer Masse lauinenartig den Berg hinunter. » Beim Aufstürzen auf die Gegend des unteren Bruches riss sie neues Material mit sich und sofort folgte auch unter donnerartigem Gekrach die unterste Schwester nach. Die Bruchstücke der letzteren durchsausten in grausigem Fluge die Luft; einzelne Stücke flogen bis in die Langrüti und die Fäncherngüter, zwei sogar bis in den Gallatizaun bei Rietern (über $^1/_2$ Stunde vom Sturzursprung entfernt). Diese letzteren wurden von alten Leuten den jüngeren oft gezeigt, im Jahr 1830 aber, wie viele andere, weggesprengt.

Die Hauptmasse des Sturzes lagerte sich am Fusse des Berges bei Wyden, Schwändi u. s. w. ab, wo ihre Spuren jetzt noch deutlich zu sehen sind. Von der Schwändi wurde ein Theil zugeschüttet, auch einige andere Güter gingen sämmt den Ställen beinahe vollständig zu Grunde. Menschen und Vieh hatten, durch das Krachen am 2. Juli gewarnt, Zeit, sich zu retten. Dagegen wurden die (Glarus versorgenden) Quellen des Oberdorfbaches verschüttet, brachen aber nach neun Tagen mit grosser Gewalt hervor und richteten neue Verwüstungen an.

Mehrere Stunden des Morgens vom 3. Juli war der ganze Thalkessel von Glarus mit rauchartigem Staub erfüllt; während des Sturzes erzitterte die Erde wie bei einem Erdbeben.

Der Erdrutsch von Sax.

Neuerlich hat ein Erdrutsch das ärmliche Dörfchen Sax heimgesucht. Ich konnte bei einem bald nach dem Ereigniss abgestatteten flüchtigen Besuch nur die folgenden sehr unvollständigen Beobachtungen sammeln. Der Rutsch befindet sich bei Chur in einer Seitenschlucht ob dem malerischen Plessurthal. Es entstand wegen der Nähe der Plessur die Frage, ob nicht allfällig nachstürzende Massen dieselbe stauen und so indirekt auch Chur bedrohen könnten.

Die Zone des bewegten Erdreichs ist von bedeutender Breite. Der Hauptrutsch erfolgte auf der rechten Seite des Thälchens; hier fliesst ein Bach in der durch den Rutsch erzeugten circa 60 F. tiefen Schlucht.

Dort oben liegen nun die Hütten des ärmlichen Weilers Sax, unmittelbar ob dem Anbruch. Es ist wirklich hart, dass das Schicksal gerade diese ärmsten und etwas zurückgekommenen Leute zum Opfer erwählt hat, die nun in stummer Verzweiflung der langsam fortschreitenden Zerstörung zusahen. Schon hing ein von den Besitzern theilweise abgebrochener Stall halb über dem Absturz; ein anderer befand sich in grosser Gefahr. Die Grundmauern der weiter oben gelegenen Häuser waren von breiten Querspalten, die das ganze Terrain durchziehen, erschüttert und durchrissen.

Die rings um den Sturz anstehende Gebirgsart ist der graue Bündner Schiefer Theobald's. Er zeigt links, östlich des Sturzes, verworrene Biegungen, fällt aber, wie es scheint, im Ganzen mässig in den Berg ein.

Der Bergsturz von Felsberg.

Hyaloautographie.

Ebendaselbst bemerkt man eine der Neigung der Rutsch-
bahn entsprechende, sehr ausgesprochene Klüftung.
Die Kluftflächen fallen unter circa 45° gegen die
Plessur ein und haben Veranlassung zur Bildung kleiner
Schluchten gegeben.

In der Sturzbahn befinden sich lockere, erweichte
Massen dieses thonigen, bröcklichen Schiefers; aber
auch Mergel tritt auf, z. B. im oberen Anbruch.

Auch hier wurde der Rutsch durch Quellen ver-
ursacht, deren eine am oberen Anbruch, dicht unter
dem halb in der Luft schwebenden Stall, hervorkommt.
Die männliche Bevölkerung des Dorfes war mit der
Herstellung hölzerner Rinnen beschäftigt, um jene ab-
zuleiten, aber die Arbeit schritt langsam vorwärts.

Wie man mir berichtete, gelangte die Kunde von
dem Rutsch erst 14 Tage nach Beginn desselben durch
einen zufällig Sax berührenden Spaziergänger nach
Chur, obgleich die Entfernung nur etwa zwei Stunden
beträgt. Die Saxer sind von der Kultur der nahen
Kantonshauptstadt noch so wenig beleckt, dass sie
nicht einmal wussten, wie die Regierung in solchen
Fällen zu Untersuchung und Hülfeleistung verpflichtet
und bereit ist.

Weitere Beispiele von Bergstürzen.

Es wäre ein Leichtes, noch eine grosse Menge
hieher gehöriger Ereignisse aufzuzählen, allein von
der Mehrzahl derselben ist wenig bekannt; ich beschränke mich daher auf eine Reihe von Fällen, welche
besonders wichtig sind oder wo die Ursachen einiger-

massen klar gestellt wurden, und verzichte auf Vollständigkeit.

So verschlang der Sturz des vorwiegend aus Gneiss bestehenden Berges Conto im Jahre 1618 den stattlichen Flecken Plurs oberhalb Chiavenna im untern Bergell. Dies ist wohl der schrecklichste Sturz, der je in den Alpen vorgekommen, denn 2430 Menschen wurden durch ihn vernichtet. Jetzt wächst ein grosser Kastanienwald auf der Stelle, wo einst die blühende Ortschaft stand. Ob die Ausbeutung des Lavezsteins oder die Erweichung thoniger Schichten durch Wasser oder vorhergegangene Erdbeben oder mehrere dieser Ursachen zusammen das Ereigniss veranlassten, ist nicht genau festgestellt worden.

In den Jahren 1714 und 1749 erfolgten an der Südseite der Diablerets Stürze von Kalk- und Sandsteinmassen, die einen 90 F. hohen Steinwall bildeten. Sie zerstörten die Alpen Cheville und Leytron, begruben 18 Menschen nebst vielem Vieh und hemmten den Abfluss der Licerne, wodurch der See von Derborence entstand.

1794 stürzte eine Kalkfelsenwand im Ferrerathal herab. Sie bildete ein ungeheures Trümmermeer zwischen Ferrera und Canicül.

Ein Bergschlipf erfolgte zu Burserein, oberhalb Schiers im Prättigau, im Jahre 1805. Erweichung gewisser Schichten durch Wasser war die Ursache. 6 Häuser und 12 Ställe gingen zu Grunde.

Zu Felsberg bei Chur fanden u. a. 1834, 1842, 1843 und später Felsstürze statt. Auf dem von Hrn. Werdmüller gezeichneten Bildchen (Fig. IX) bemerkt man ob dem Dorf die vertikal zerklüfteten Dolomitmassen, welche auf einer wenig festen Schieferunterlage ruhen. Als eine der Ursachen wird Einsickern des Wassers in die Klüfte angegeben. Da das Wasser sein Volumen beim Gefrieren vermehrt, so wirkte es in den Spalten bei eintretender Frostkälte keilartig und trieb den Fels auseinander. Die schwer bedrohten Felsberger konnten sich nicht entschliessen, ihre Heimath ganz zu verlassen, haben aber ihre Wohnhäuser ein Stück davon, in « Neufelsberg », aufgeschlagen. Gegenwärtig soll sogar der bessere Theil der Bevölkerung wieder in « Altfelsberg » wohnen, ein Beweis, wie der Mensch sich schliesslich an die Gefahr gewöhnt und sich gegen sie abstumpft.

Ein anschauliches Bild entwirft ein Augenzeuge *) von dem Sturz einer Felsmasse ob Felsberg, der Vogelskopf genannt. Er erfolgte im Jahr 1849. Der Block war 60—80 F. hoch und 40—50 F. breit.

Während des Ueberstürzens, das anfangs sehr langsam erfolgte, wurden die auf dem Felsen stehenden Tannen weit in die Luft geschleudert. Bald darauf prallte die stürzende Masse mit dumpfem Gekrach auf den tiefer liegenden Felsen. Eine undurchdringliche Staubwolke, in der es rasselt, poltert und kracht, verhüllt für einen Augenblick das Ganze und lässt nur errathen, was eigentlich vorgeht. Endlich stürzen einzelne Stücke unter ihr hervor, andere fliegen mitten aus ihr heraus, und wo sie aufprallen, erheben sich neue Staubwolken.

----

*) Im neuen Jahrbuch für Mineralogie 1869, p. 869.

Mit unbeschreiblichem Getöse fliegen die grösseren Stücke, das eine da, das andere dorthin, in gewaltigen Sätzen der Tiefe zu, bis sie Widerstand finden oder sich in der Ebene verlieren. Sie brachen sich durch einzelne waldige Stellen Bahn. Rasselnd und prasselnd folgen ihnen die kleineren nach. Das Auge weiss nicht, welchem Stücke es folgen soll.

Das grösste nahm seine Richtung gegen die nach Neufelsberg führende Strasse, indem es in Sätzen von 160 — 200 Schritten über Wiesen und Aecker wegsetzte. Endlich blieb es in einem Baumgarten liegen, nachdem es einen Birnbaum zuerst entwurzelt und dann den Stamm desselben wie ein Zündhölzchen zerstückelt hatte. Dieses Felsstück mochte etwa 200 Cubikfuss messen. Seitdem lösen sich noch beständig kleinere Stücke ab und ein bedeutender Sturz ist mit Gewissheit zu erwarten, da die Felsmassen in starker Bewegung sind.

1858 erfolgte bei Grächen vom Dirlocherhorn her ein (wahrscheinlich durch Erdbeben veranlasster) Felssturz. Hundert Jahre früher wurde derselbe Ort von ebendaher zu einem Dritttheil verwüstet, wohl auch in Folge von Erdbeben. 1857 erfolgte bei Rorschach ein Schlipf von circa 700,000 Cubikfuss Sandstein. Derselbe rutschte auf einer vom Regen erweichten, verwitterbaren Lettenschicht. Beide gehörten der unteren Süsswassermolasse an. Der Bahnhof wurde von diesem Rutsch beschädigt.*)

Durch Unterwaschung der Ufer entstehen von Zeit

---

*) Berlepsch, Schweizerkunde p. 244.

zu Zeit Rutsche, z. B. am Zuger-, Züricher- und Genfer-
see. Im fünfzehnten Jahrhundert versank auf diese Weise
ein Theil des Städtchens Zug im See. Im August 1874
rutschte ein Stück der Landstrasse zwischen Zug und
Walchwyl 30 F. tief in den See, wo man es liegen
sah; die circa 100 F. lange Stelle musste überbrückt
werden.

Im Februar 1875 rutschte ein Stück der im Bau
begriffenen linksufrigen Zürichseebahn bei Horgen in
den See. Die Waggons der Erdarbeiter machten den
Schlipf mit und wurden im See aufgefischt; die Arbeiter
selbst waren glücklicherweise, da das Ereigniss über
Mittag stattfand, abwesend. Die bewegten Massen
wurden auf 60,000 Cubikmeter geschätzt. Trotzdem
war hernach die Tiefe des Sees an dieser Stelle grösser
wie vorher.

Allgemeine Bemerkungen über Bergstürze.

Betrachten wir die besprochenen Erscheinungen
noch von einem etwas allgemeineren Gesichtspunkt.
Man kann sie eintheilen nach der vorwiegenden Be-
schaffenheit des Materials, nach dem Verhältniss der
Sturzbahn zum Schichtenbau des Gebirgs und nach
den Ursachen ihrer Entstehung.

Ersterer Eintheilungsgrund führt mich zu 4 Kate-
gorien: 1) Felsstürze (Felsberg, Sonnenberg); 2) Erdschlipfe (Rorschach, Sax); 3) Schlammströme (erweichte
Schichtencomplexe, durch das Gewicht des Hangenden
herausgequetscht, bewegen sich ähnlich einem Lavastrom thalabwärts [Wäggis 1795]); 4) gemischte Stürze

aus Felsstücken, Erde und Schlamm bestehend. Hieher gehört die Mehrzahl (Goldau, Bilten).

Der Name Sturz eignet sich besonders für die unzusammenhängend über die Schichtenköpfe herabrollenden Massen; die Lokalbezeichnung Schlipf (schlipfen = gleiten) oder Rutsch für zusammenhängend auf Schicht- oder Kluftflächen sich bewegendes Material.

Nur die grössten derartigen Ereignisse, wo wirklich ganze Bergflanken in Bewegung gerathen, verdienen den Namen Bergsturz (Plurs) oder Bergrutsch (Goldau).

Jeder Sturz oder Rutsch hat 3 Regionen: 1) die Ursprungsstelle, wo die Massen sich ablösen und starke Querspaltung des Bodens eintritt; 2) die Sturzbahn (Sammelkanal) und 3) das Ablagerungsgebiet. Beim Sonnenbergsturz liegen diese 3 Gebiete in einer Geraden, bei Bilten in 3 verschiedenen Richtungen.

Die Mehrzahl der angeführten Erscheinungen hat ihre Ursache in der Erweichung von nicht durchlassenden Mergeln, Thonen oder thonhaltigen Gesteinen, auf deren Schichten das Wasser stagnirt. Die ihnen aufgelagerten Massen werden nach und nach gelockert, ihres Zusammenhanges beraubt und verlieren ihren Halt. Zuerst entstehen Querspalten, indem sich einzelne Stücke der Oberfläche schon bewegen, sich daher von anderen, die noch in Ruhe sind, oder sich weniger schnell bewegen, lostrennen. Die Ursache davon liegt in der ungleichförmigen Erweichung der Grundlage, im Schichtenbau, in der verschiedenen Neigung des

Terrains, in der Ungleichartigkeit der sich bewegenden Massen u. s. w.

Sind die letzten Stützpunkte weggenommen, so rutschen die Massen, gleich einem vom Stapel laufenden Schiff auf der liegenden, schlüpfrigen und erweichten Schicht entweder ab.(Goldau) oder sie brechen zusammen und stürzen über die Schichtenköpfe hinunter (Sonnenberg). Oder es findet eine Combination statt; das Material rutscht ein Stück auf der Schichtfläche fort, dann stürzt es, eine andere Richtung nehmend, über die Schichtenköpfe herab (Bilten).

Ferner kommen auch häufig (und dies ist der einfachste Fall) Rutschungen loser, stark geneigter Massen vor, ohne dass sich eine erweichte Schicht unter ihnen befand. Sie wurden vom Wasser stark durcktränkt, welches ihr Gewicht vermehrte, und glitten auf ihrer f e s t e n, felsigen Unterlage einfach in Folge der Auflösung und des erhöhten Gewichts abwärts.

Der Ort, wo die Rutschungen beginnen, und das Sammelgebiet des dieselben veranlassenden Wassers liegen oft ziemlich weit auseinander. So ist es nach C. Escher *) wahrscheinlich, dass bei den Rutschungen am Batzokelberg ob Chur die Sammelstelle eine ausgedehnte, sumpfige Terrasse war, von wo aus dasselbe durch Spalten in die bedeutend tiefer gelegene Region der Rutschungen gelangte.

Als weitere Ursachen sind Erdbeben (Grächen, Visperthal) und Lockerung der Felsen durch Frost

---

*) „Etwas über Bergschlipfe" im neuen Sammler für Bünden IV. pag. 264.

(Felsberg) anzuführen. Vielleicht haben einige Bodenbewegungen noch eine andere Ursache. Die Kalkalpen sind complicirte Falten- oder Gewölbsysteme. Es ist denkbar, wenn gleich nicht bewiesen, dass in solchen Gewölbsystemen eine wenn auch geringe Spannung stattfindet. Schneiden sich nun die Thäler durch Erosion tiefer in solche Systeme ein, so wird der dieser Spannung entgegenwirkende Druck vermindert und Bodenbewegungen könnten die Folge davon sein.

Mehr ausserhalb der Alpen (auf welche ich mich hier beschränke) spielen noch andere Factoren eine Rolle, so z. B. Auswaschung löslicher Massen und dadurch erfolgender Einsturz (Wieliczka); alter Bergbau (sogenannte Pingen im Erzgebirge). Dies führt uns jedoch in das Gebiet der Senkungserscheinungen, von denen hier nicht die Rede sein soll.

Gänzlich den Alpen fremd sind die Einstürze von Kraterscheidewänden und Kraterwandungen, erzeugt durch Hohlräume, die sich bilden, indem das vulkanische Gerüst durch Laven- und Aschenausbruch Substanzverlust erleidet. So stürzte, wie man mir berichtete, die schöne Scheidewand, die seit dem Ausbruch 1872 den Vesuvschlund in einen grösseren und kleineren Krater trennte, vor einiger Zeit zusammen. Sie hatte, wie ich vom tiefsten Randeinschnitt des kleinen Kraters aus im Jahr 1873 bemerkte, unten eine wahrscheinlich durchgehende Höhlung, durch welche die beiden Krater miteinander communicirten. Diese Scheidewand war also gleichsam wie ein Brückenbogen zwischen den beiden Rändern des Gesammtkraters ausgespannt. Grossartig müssen die vorhistorischen Einstürze am

Aetna gewesen sein, durch welche (nach Sartorius) aus einem alten Krater der jetzige Hintergrund der Val Bove (Trifoglietto genannt) sich gestaltete.

Tscharner *) hat die hier besprochenen Phänomene schon vor längerer Zeit in anderer Weise bezeichnet, nämlich nach der Art ihrer Entstehung, jedoch, wie mir scheint, nicht mit besonderem Glück.

«Bergfall» nennt er pag. 13 den Einsturz von Felswänden. Er erfolgt durch Spaltenbildung und Auseinandertreiben der Risse durch Frost etc. «Bergstürze» entstehen nach ihm vorzugsweise durch Bildung grosser, mit Wasser gefüllter Höhlungen, in Nagelfluegebirgen. Indem diese Hohlräume sich vergrössern, findet endlich ein Zusammenbrechen der Massen statt. Die Bergschlipfe erklärt er richtig durch Erweichung thoniger Schichten. Angemessener dürfte es wohl sein, die Bezeichnungen Bergfall, -sturz, (wie oben angegeben) nur für die grössten derartigen Ereignisse beizubehalten, gleichgültig welches ihre Ursache war. Die unterirdischen Wasserreservoire in den Nagelfluegebirgen, die Tscharner z. B. zur Erklärung des Goldauerbergsturzes mit verwerthet, sind nicht beobachtet und Tscharner's Erklärung **) der Art, wie sie sich bilden, ist keine annehmbare. Er führt den Rigi an; aber selbst um den Weggiser Schlammstrom von 1795 zu erklären, braucht es die Supposition solcher Reservoire nicht.

In den Kalkbergen tritt Höhlenbildung allerdings nicht selten auf, auch ist es möglich, dass bei der oft

---

*) „Der neue Sammler für Bünden" III, von 1807.
**) Vergl. ibid. p. 15.

unglaublich complicirten Faltung der Kalkalpen hie und da ursprüngliche Hohlräume in Folge ungleicher Biegungs- und Krümmungsfähigkeit der Schichten entstanden. Dadurch können Senkungen erzeugt werden, aber wohl selten Bergstürze.

Im Uebrigen macht Tscharner Bemerkungen über rechtzeitige Erkennung, Vorbeugung und Vorsorge bei derartigen Ereignissen im Gebirg, die noch jetzt Beherzigung und Beachtung verdienen. Ich kann mich nicht enthalten einige seiner vor nunmehr 70 Jahren gegebenen gemeinnützigen Rathschläge hier mitzutheilen; es scheint als seien in manchen Kantonen dieselben nicht befolgt worden.

Er bemerkt zunächst ganz richtig, dass Ableitung von Regen-, Quell- und Schneewasser von allen Berglagen, wo solche im Boden versinken, das sicherste Mittel wäre, um solche Unglücksfälle zu verhüten. Bedenklich ist es namentlich, wenn die Schichten gegen das Thal geneigt sind und in einiger Tiefe nicht durchlassende Lagen (Thon oder Mergel) auftreten. Wie nachlässig man in dieser Beziehung noch jetzt verfährt, zeigt das oben beschriebene Beispiel des Sonnenbergsturzes.

Kommen (so fährt Tscharner fort) an einzelnen Stellen Spalten im Boden oder Einsenkungen und dergleichen vor, so kann es nicht fehlen, dass Jäger, Hirten oder Landleute, welche auf den Bergen beschäftigt sind, dies bemerken. Sie sollten sofortige Anzeige machen.

Ungeachtet es nun von jeder Obrigkeit in Berggegenden wohlgethan wäre, auch ohne Anzeigen von Schlipfgefahren, ihr ganzes Terrain durch ein paar

ortsvertraute und sachkundige Männer untersuchen zu
lassen, so wäre eine solche Veranstaltung wenigstens
da nicht zu unterlassen, wo der mindeste Verdacht
von künftigen Schlipfen und Bergstürzen obwaltete.

Diesen Abgeordneten wäre eine ausführliche, deut-
liche Instruktion über ihre Verrichtungen zu ertheilen.
Tscharner meint, dass sich bei dieser Untersuchung
des Gemeindeterritoriums auch noch andere für den
Wohlstand der Einwohner. wichtige Bemerkungen
machen liessen. Bezüglich der Bergstürze sollten die
Abgeordneten

1) das ganze Gemeindeterritorium durchgehen und
untersuchen, ob und wo Erd- oder Felsspalten, be-
denkliche Vertiefungen oder eingesunkene Stellen sich
befinden;

2) untersuchen, ob solche neuen oder alten Ur-
sprungs sind;

3) hätten sie zu beobachten, wo sich stehende
Wasser, Riedböden, Sümpfe befinden und woher solche
entstehen;

4) sollten sie den Boden der bedenklichen Lagen
ihrer ganzen Richtung nach bis in's Thal verfolgen,
um zu sehen, ob die obere Erdschicht locker und wie
dick sie sei; sodann was für eine feste Unterlage sich
darunter befinde, ob Thon oder Felsen; ob diese
Unterlage einen steilen oder sanften Abhang habe,
fortlaufend sei oder Absätze bilde.

Ferner wäre zu untersuchen:

5) welche Verbindung diese verschiedenen bedenklichen Stellen unter sich und welche Richtung sie
gegen einander und gegen das Thal haben;

6) wie stark der Fall der bedenklichen Lagen ist;

7) auf welchen Stellen die Quell-, Regen- oder Schneewasser einsinken, welchen Gang sie unter der Oberfläche nehmen mögen, wo sie von Zeit zu Zeit wieder sichtbar werden und wo sie zuletzt am Fuss des Berges hervorfliessen.

8) Da wo sich Spalten in den Felsschichten finden, wäre so gut als möglich zu bemerken, wie tief diese Spalten gehen; ob und womit sie angefüllt sind; besonders aber ob und wie weit der losgespaltene Felstheil aus seiner Gleichgewichtslage herausgedrängt sei.

Diese Bemerkungen sollten von einer detaillirten Zeichnung (Karte, Plan) begleitet werden.

Die Berichterstattung hätte nun mit einem Gutachten abzuschliessen, worin unter Anderem folgende Punkte zu behandeln wären:

a. ob wirklich Bergstürze oder Schlipfe für jetzige oder künftige Zeiten zu besorgen seien;

b. welche Gegenden des Berges und des daran stossenden Thales bedroht seien;

c. woher diese Gefahr entstehe;

d. wo der allfällige Schlipf vermuthlich seinen Anfang nehme, wie lang, breit und dick die in Bewegung gerathene Masse sei, woraus sie bestehe, wohin sie ihre Richtung nehmen, wie weit sie sich im Thal hervortreiben und wie weit sie sich dort in die Breite ergiessen könnte;

e. wie bald auf's Früheste ein Ausbruch zu besorgen sein dürfte;

f. durch was für Anstalten demselben entgegengearbeitet werden könnte:

g. auf wie lange Zeit es möglich sein möchte, durch solche Anstalten den Ausbruch des Uebels zu verhindern oder zurückzusetzen;

h. wie dieser Ausbruch möglichst unschädlich zu machen sei.

Mit dieser ersten Untersuchung dürfte es aber nicht sein Bewenden haben; verdächtige Stellen müssten alljährlich im Frühjahr nach dem Aufhören des Frostes und im Spätjahr auf's Neue untersucht und mit der früheren Karte und Zeichnung verglichen werden. Veränderungen müssten eingetragen und ein neues Gutachten abgegeben werden.

Bezüglich der Vorbeugung betont Tscharner die Ableitung der versickernden Wasser durch hölzerne Rinnen oder Gräben mit Steinplatten. Dieses Wasser könnte man eventuell zur Bewässerung von Alpen, Allmenden und Bergwiesen benutzen. Felsspalten sind zu reinigen, eventuell mit kleinen Vordächern gegen das Eindringen von Wasser, Erde und Steinen zu versehen.

Tscharner meint sogar, es sei unter Umständen thunlich, den abgelösten Theil durch vorsichtige Bewirkung eines künstlichen, allmäligen und theilweisen Einsturzes aus seiner gefährlichen Lage herabzuheben und so den Sturz ganz oder zum grösseren Theil unschädlich zu machen.

Wie ein Wald eine Ortschaft vor Felsstürzen beschützen kann, zeigt das oben erörterte Beispiel von Bilten. Wälder bieten nicht nur Lawinen-, sondern auch Steinschutz, und ist es daher auch aus diesem

Grunde thöricht, sie an Stellen, wo sie diese Funktion versehen, abzuschlagen.

Ueber die Art und Weise, wie man sich bei einem bevorstehenden Sturz zu benehmen habe, bemerkt Tscharner Folgendes : Bei zweckmässigen Anstalten kann sich ein solcher Fall nicht wohl ereignen, ohne dass man ihn vorhersehe. (Da indessen solche Anstalten vielfach unterlassen werden, so kommt die Katastrophe in der Regel unerwartet). Sollte bei der alljährlichen Untersuchung die Gefahr so gross gefunden werden, dass sie eine noch grössere Wachsamkeit erforderte, so können die Beaugenscheinigungen öfters wiederholt, wohl auch in der Nähe der gefährlichen Lagen ein Anwohner mit der Beobachtung beauftragt und hierzu instruirt werden. Dringenden Falls liesse sich eine beständige Wache ausstellen.

Sobald die Ortsobrigkeit durch zuverlässige Berichte und Augenscheine sich von einer unausweichlichen Gefahr dieser Art überzeugt hat, so wird es ihre dringende Obliegenheit sein, die Bewohner der fraglichen Gegend zur Weiterverlegung ihrer bedrohten Wohnstätten auf passende Stellen zu veranlassen. Baumaterialien müssen bereit gehalten werden. Balken, Bretter, Täfelwerk, Fenster, Thüren, Schlösser, desgleichen alles bewegliche Eigenthum: Vieh, Futter, Lebensmittel, Feld- und Hausgeräthe sind von den bedrohten Wohnhäusern und Ställen nach dem neuen Ansiedlungsplatz zu bringen. Fluchtsignale (Schüsse, Läuten) sind zu verabreden, damit bei drohender Gefahr die Einwohner sich retten können.

Wären solche Anordnungen, wie sie Tscharner angiebt, von den Goldauern getroffen worden, so wären Ihrer nicht 400 umgekommen. Fehlte es doch nicht an Verboten mancherlei Art, die aber absolut nicht beachtet wurden. Desgleichen herrschte in Plurs eine merkwürdige Sorglosigkeit, weshalb auch der Ort mit Mann und Maus zu Grunde ging.

Schliesslich spricht Tscharner noch über die Mittel, wie vom Bergsturz geschädigte Dörfer am Schnellsten sich wieder materiell erholen könnten. Er empfiehlt Anlegung von Hülfskassen in solchen Orten, welche Bergstürzen, Ueberschwemmungen und Lawinen ausgesetzt sind. Diese Selbsthülfe sei zweckmässiger als das Sichverlassen auf fremde Hülfe und Mildthätigkeit. Tscharner vertritt also bereits vor 70 Jahren ein Princip, welches in neuerer Zeit in wirthschaftlicher Beziehung massgebend geworden ist: das Princip der Selbsthülfe.

Was jedoch gewisse allgemein vorbeugende Massnahmen anbelangt, so fallen dieselben besser der Obsorge des Bundes und der Kantonsregierungen anheim, von denen hiefür wie für gewisse damit zusammenhängende Fragen (Waldschutz, Hochwasserkorrektion) allein etwas zu erwarten ist.

Am Schlusse angelangt verhehlt sich der Verfasser nicht, dass seine Skizze weder theoretisch noch praktisch erschöpfend ist. In ersterer Beziehung sind diese Phänomene noch wenig zum Gegenstand exakter geologischer Beobachtung und Messung gemacht; in letzterer Beziehung berühren sich hier sehr verschiedenartige Gebiete. Der Gebirgsingenieur wird hier mit Berücksichtigung der Geologie noch manche Aufgaben zu lösen haben. Es fehlt ferner eine Statistik dieser Erscheinungen. Auch das Versicherungswesen, welches sich bereits anf Beschädigungen durch Hagel und Blitz ausdehnt, dürfte diese Erscheinungen in seinen Kreis ziehen.

Hoffen wir, das es gelingen werde, die Wiederkehr solcher Katastrophen, wie derer von Plurs und Goldau, durch geeignete Maassnahmen zu verhindern.